Ralf Neubohn

Keine faschingsfreie Zone

Fasching und Halloween lassen grüßen

Ralf Neubohn

Keine faschingsfreie Zone

Fasching und Halloween lassen grüßen

Bibliografische Information der Deutschen Nationalbibliothek
Die Deutsche Nationalbibliothek verzeichnet diese Publikation
in der Deutschen Nationalbibliografie;
detaillierte bibliografische Daten sind im Internet
über www.dnb.de abrufbar.

Herstellung und Verlag: BoD – Books on Demand, Nordersted

ISBN: 978-3-7519-1999-9

Dieses Buch ist dem geheimnisvollen Alpaka gewidmet!

Inhalt

Vorwort

Wieder habe ich viele Abenteuer mit Terry, Ludwig und Berta erlebt. Eines aufregender als das andere. So, dass es mir stets sehr schwerfällt zu entscheiden, welche der vielen gemeinsamen Erlebnisse ich für meine Bücher auswählen soll. Denn jedes meiner Bücher in denen ich von ihnen allen berichte, ist nur eine kleine Auswahl aus einem Leben voller literarischer Abenteuer.
Hoffentlich haben Sie an den heutigen Berichten aus dem Autorenleben so viel Freude wie ich selbst!

Viel Spaß beim Lesen,

Ihr Ralf Neubohn

Das große Geheimnis!

Die wahre Geschichte des Faschings

Im Jahre 1422 lebte der Flickenschneider Klam Auk im Örtle Eulen-spiegelchen. Nicht nur für seine Kunden nähte er die Kleidung aus vielen Stoffflicken zusammen, sondern auch für sich selber.

Das stellte für ihn einen Glücksfall dar, weil der übermäßige Genuss von Bier ihm eine gerade Naht zu schneiden unmöglich machte.

Durch den Alkoholgenuss kamen seine Finanzen schwer in Un-ordnung, so dass ein Umzug nötig wurde.

Auf dem Umzugswagen fahrend, hielt er vom Alkohol geprägte witzige Reden und warf den Zuschauern seine unbezahlten Rechnungen als Konfetti zu. Diese Sternstunde des Faschings setze Maßstäbe.

Der 1. Büttenredner der Welt

Dem Umzug von Herrn Klam Auk wohnten viele Bauern und Gutsbesitzer nicht bei, da sie gerade ihrer Arbeit nachgingen.

Wie schwer enttäuschte es sie, als von den witzigen Ereignissen des Umzuges überall gesprochen wurde. Was hatten sie alles verpasst!

Um den Kummer der Menschen zu mildern, stieg ein Zeuge des menschenbewegenden Tages auf ein Holzfass und gab die lustigsten Stellen von Klam Auks Reden wieder, sowie die witzigsten Pannen des Umzuges. Z.B. als der Wagen dem Bürgermeister über den Fuß fuhr und ein Zuschauer vor Lachen in ein Bierfass fiel. Seitdem gehörte zum Fasching auch immer Bier dazu.

Wohl bekomm's!

Das Alp-Traum Duo

Ludwig P. Lesi-Les und Berta Babbelbergle gehörten zu den anspruchsvollen Autoren mit viel Niveau. Was so viel hieß wie: Sie schrieben extrem trocken und langweilig. Gerade weil jeden Leser bei ihren Büchern ein großes Gähnen überkam, verkauften diese sich sehr gut. Denn je öder ein Buch ist, desto weniger eckt es an. Wo nichts passiert, wird auch niemanden auf die Zehen getreten.

Da Ludwig und Berta sich auch sonst sehr ähnelten, mochten sie sich gegenseitig nicht besonders.

Dennoch trafen sie zum großen Bedauern ihrer Umfelder öfters zusammen, was zu besonders langweiligen Abenden führte, bei denen oft die Zuhörer in ihren Stühlen einschliefen und kreuz und quer im Lesungssaal herumlagen.

Daher bekamen Berta und Ludwig aus Sicherheitsgründen in ihrer Heimatstadt lange Zeit Berufsverbot. Denn wenn Gäste im Stehen einschliefen, konnten sie sich beim Hinfallen schwer verletzen.

Zu Fasching umging Berta das Berufsverbot, in dem sie maskiert auf die Bühne ging.

So konnte sie endlich mal wieder ungestört vorlesen, dachte sie. Aber man denkt ja so vieles. Vielleicht hätte es sogar geklappt, wenn sie eine andere Maske genommen hätte. Aber mit der Maske eines besonders unbeliebten Mitmenschen sorgte sie für eine derartige Empörung, dass sie von den Besuchern mit Eiern und Tomaten beworfen wurde. Und dieser Hagel dauerte lange, da die Lesung an einem Markttag stattfand und die Gäste immer wieder schnell Nachschub holen konnten. Clevere Obst- und

Gemüseverkäufer schoben ihre Verkaufsstände sogar in den Saal. Arme Berta.

Versteckt im Publikum saß Ludwig und dachte: „Ist die blöd! Nicht mal eine gute Lesung kann sie im Gegensatz zu mir machen. Meine Zuhörer sind immer begeistert von mir!"

Der Redner

Viele Mitglieder eines Faschingsvereins beklagten sich sehr über das niedrige Niveau ihres bisherigen Redners. Daraufhin beschloss der Verein künftig einen Meister des Wortes zu nehmen, eine anerkannte Autorität.

In einem riesigen Festsaal wartete gespannt eine große Menschenmenge auf den neuen Festredner. Dieser erschien voller Elan und begann seine äußerst gebildete, trockene Rede. Im Saal lauschte alles so gebannt, dass nicht das geringste Geräusch ertönte.

Nach der Rede gab es statt eines flotten Tuschs vom Orchester nur ein schlaffes „schnarch, schnarch!"

Doch das spielte keine Rolle, denn auch das Publikum schlief tief und fest. Keine Wunder, denn der Redner hieß Ludwig P. Lesi-Les. Der Meister der trockenen Worte. Gähn!

Die Regatten

In frühen Jahren gab es in Waiblingen zweimal im Jahr eine große Regatta auf der Rems und auf dem Kätzenbach.

Am 1. Januar fuhren dort Boote, welche wie bei Faschingsumzügen mit Motiven versehen waren. Diese stellten die kommenden politischen und gesellschaftlichen Ereignisse des neuen Jahres dar. Also eine Art Vorschau auf die nächsten Monate.

Am Fasching hingegen bezog sich die Regatta auf einen Rückblick auf das vergangene Jahr.

Beide Regatten starteten beim Südmeer Waiblingens, dem See beim Hallenbad und führten die ganze Rems hinauf bis zum Remsursprung.

Alle Zuschauer konnten dabei das originellste Schiff des Jahres wählen. Ob diese Flugzeugträger mit tanzenden Mädchen darstellten, Windjammer oder anderes, alles stand zu Wahl.

Im letzten Jahr der Regatta wählten alle Besucher dasselbe Schiff. Kein Wunder, denn die Gestaltung musste sehr langwierig und schwierig gewesen sein. Dazu sah es verblüffend echt aus. Vor Erstaunen blieb den Zuschauern der Mund offen, als eine drachen-ähnliche Seeschlange an ihnen vorbei schwamm. Sollte es das Ungeheuer von Loch Ness darstellen? Genauso stellte es sich jeder vor. Beeindruckend!

Plötzlich begannen alle anderen Teilnehmer und Zuschauer panisch zu fliehen, als sich herausstellte: Das Ding im Fluss sah nicht wie ein Meerungeheuer aus, es war eines!

Als Letzter konnte Ludwig P. Lesi-Les das rettende Ufer erreichen, der auf einem schwimmenden Buch teilnahm.

Seit damals gab es keine Regatten zu Neujahr und Fasching mehr. Schade, jetzt musste sich das arme Meerungeheuer langweilen, weil es keine Regatten mehr gab. Wer weiß? Vielleicht ist das arme Ding inzwischen sogar vor Langeweile gestorben! Oder gar verhungert, weil keine kleinen Imbisse mehr vorbeischwammen. Oh, wie traurig!

Das beste Kostüm der Autorenparty

Bei einer großen Party sollte sich jeder besonders originell verkleiden. Dem besten Kostüm winkte ein Siegespreis von 2000 Euro!

Lange überlegten sich die Teilnehmer ihre Verkleidungen.

Wer würde wohl gewinnen?

Ralf Neubohn verkleidete sich als Weihnachtsmann. Da er aber immer so rumlief, fiel niemand ein Unterschied zu sonst auf.

Berta Babbelbergle verkleidete sich als Kugelschreiber eines Lektors mit besonders strengem Angesicht. Sie erreichte damit ganz locker den 2. Platz.

Der Autor Ludwig P. Lesi-Les erschien als eines seiner Bücher verkleidet. Dieses sah so echt und langweilig aus, dass schon allein vom Anblick die Jury einschlief.

Leider konnte Ludwig nicht den Gewinn einstreichen, weil er die Jury nicht mehr wach bekam. Sein Kostüm wirkte offensichtlich zu echt.

Das Wettrennen

Jonathan, Ruben und Raphael gingen mit ihrem Opa zu einem großen Dorffest. Sie freuten sich schon sehr, es würde bestimmt sehr lustig dort sein.

Leider passte der Name ihres Opas sehr zu seiner Gehweise: Ralphus Rheumaticuslinchen. Seine Gehweise ähnelte eher einer Gähnweise.

Selbst das alte und schon seit Jahren lahme Alpaka vor ihnen lief wesentlich flotter! So kamen sie nie rechtzeitig an! Was konnten die drei bloß unternehmen, um schneller voranzukommen?

Plötzlich erklang ein Aufschrei und Ralphus Rheumaticuslinchen sauste förmlich davon. Wie kam das bloß zu Stande?

Weihnachtsmann, Osterhase und Ludwig P. Lesi-Les veranstalteten an diesem Tag ein Wettrennen. Der Weihnachtsmann in seinem Schlitten, der Osterhase auf einer riesigen, fliegenden Möhre und Ludwig auf seinem fliegenden Buch.

Um nicht vom Radar der Bundeswehr erfasst zu werden, flogen sie knapp über der Erde und bei einem Überholmanöver endete Ralphus unfreiwillig als eine Art Kühlerfigur der Riesenmöhre.

Da die Wettrennenden das Fest als Ziel anpeilten, erschien dort Ralphus weit vor seinen Enkeln und sagte später belehrend: „Ja, mit der Jugend ist nichts mehr los. Wärt Ihr so sportlich wie ich..."

Seltsames Ereignis

Ludwig feierte stets mit seinen Teddys und Katzen zusammen Silvester und Fasching. Im Fernsehen liefen die Feierlichkeiten, während sie alle zusammen schlemmten.

Eines Tages stutzte Ludwig, als höchst Merkwürdiges geschah!

Ein geradezu geheimnisvolles Ereignis! Die Teddys tranken aus den Katzenschälchen Milch, die Katzen schlemmten die Honigkekse der Teddys! Wie konnte das nur möglich sein? Hatte Ludwig zu viel getrunken und bildete es sich nur ein? Nein, es passierte wirklich! Einfach unglaublich! Ratlos starrte er seine liebsten Gefährten an, als er die Wahrheit erkannte! Für das heutige Fest steckten die Teddys in Katzenkostümen und die Katzen in Bärenkostümen. Oh, diese kleinen, geliebten Racker!

Die literarische Faschingsparty

Berta Babbelbergles Cousine hieß Beate Babbelzwergle. Dieser Name passte sehr gut zu ihr, weil sie viel weniger sprach und schrieb als Berta. Was allerdings nicht viel bedeutete. Denn ruhiger konnte sie nur im Vergleich zu Berta genannt werden. Jeder andere der nur Beate Babbelzwergle kannte, machte um ihren ungeheuren Redewasserfall einen großen Bogen.

Eines Tages lernte sie die Schwester von Ludwig. P. Lesi-Les kennen. Luise P. Lesi-Les wurde nach ihren Vornamen entweder Lu oder Purzi gerufen. Als Schwäbin bestand sie aber ihren korrekten Vornamen: Luise Purzile.

Bei einer literarischen Faschingsparty lernten sich die beiden Damen kennen. Mit großen Sicherheitsabstand umstanden sie die anderen Autoren und schlossen Wetten ab, wie das Gespräch der beiden enden würde. Ertrank Luise in einem Redeschwall von Beate oder strahlte diese so viel Langweile wie ihre Bücher aus und Beate schlief ein? Ein spannendes Duell.

Es endete nach acht Stunden unentschieden. Luise bekam vom Dauergefasel Beates einen Hörsturz, während diese wegen der Langweiligkeit Luises fest einschlief.

Doch dieses Duell besaß einen riesigen Vorteil: Die anderen Gäste konnten ausnahmsweise das Fest ungestört genießen.

Der Faschingsumzug

Die beiden Autoren Terry und Lothar schauten dem Faschingsumzug zu. Als einer der Verkleideten ausversehen einen anderen Maskenträger mit einigen Süßigkeiten bewarf, lachte Terry laut auf. Lothar blieb ernst. Terry sagte: „So wie Du aussiehst, hast Du tatsächlich an Silvester zum Schreiben aufgehört. Warum eigentlich?" Lothar antwortete: „Ach, ich habe so gern geschrieben, meine Bücher haben sich auch gut verkauft. Aber ich habe nie Feedback von Bekannten und Verwandten bekommen. Alle reden immer nur über ihre Jobs und ihre Hobbys. Aber über mein Schreiben will überhaupt niemand etwas wissen. Man arbeitet also in die leere Wüste hinein, ohne jeden Widerhall, ohne jedes Echo. Aber jeder Autor kann auf Dauer nicht ohne das geringste Echo, ohne das geringste Interesse seines Umfeldes arbeiten."

Terry nickte ernst, ohne zu lächeln, als im Umzug versehentlich zwei Mädchen aufeinanderprallten und stürzten. Er meinte bloß: „Aber Dir ging es noch besser als mir und vielen andern Autoren. Wir bekommen von niemanden Feedback und auch keinerlei Ermunterung. Von unseren Bekannten und Verwandten kauft noch nicht einmal jemand in den Buchhandlungen oder im Internet unsere preisgünstigen Bücher, um diese dann weiter zu verschenken. Sie verschenken lieber an Geburtstagen, Weihnachten, Ostern, die übliche Flasche Wein und die übliche Schachtel Pralinen, statt uns Autoren durch den Kauf unserer Bücher zu unterstützen. Sie könnten uns dadurch so leicht helfen bekannter zu werden."

Lothar schüttelte traurig den Kopf: „Die Leute, die wir kennen, empfehlen nicht mal unsere Bücher weiter. Sie interessieren niemanden aus unserem Umfeld. Wir sind nur dazu da, um ihre endlosen Reden über deren eigene Hobbys zu hören."

Eine verkleidete Frau kitzelte Terry mit einer langen Feder am Kinn. Er biss darauf und schluckte sie. Alle Faschingsbesucher um sie herum lachten laut darüber, während die beiden Autoren tief traurig heimgingen.

Ob Terry wohl bald Lothar folgte und nicht mehr schrieb? Einerseits schrieb er gern, andererseits interessierte sein Schreiben niemand aus seinem Umfeld. Niemand sprach mit ihm über seine Bücher, niemand empfahl sie weiter oder verschenkte sie gar zu Geburtstagen, Ostern oder Weihnachten. Nein, eigentlich sollte Terry wirklich aufhören seine schönen Bücher zu schreiben, da sie ja niemanden aus seinem Umfeld auch nur im geringsten interessierten. Wozu sich also so viel Arbeit machen?

Die Verspätung

Jonathan, Ruben und Raphael liefen eilig durch ihr Dorf, um nicht zu spät zur Faschingsfeier zu kommen. Leider standen die Chancen nicht gut, es lag noch eine weite Strecke vor ihnen. „Wir schaffen es nicht!", rief Jonathan aus. Doch Ruben zeigte aufgeregt nach vorne. Jonathan wunderte sich darüber und schaute angestrengt die Straße entlang. Tatsächlich! Vor dem Bauernhof, wo es Alpakas gab, stand eines rastend auf der Straße. „Vermutlich ausgebüxt", meinte Raphael. Leise schlichen sich die drei zu dem Tier, sprangen auf und ritten auf ihm zur Faschingsfeier. Diese erreichten sie doch noch pünktlich, obwohl das Alpaka sich als besonders störrisch erwies. Beim Fest angekommen rief ein Reporter: „Aber das ist doch kein Alpaka, das ist doch Ralf Neubohn!" Die drei sahen das zottlige Ding genauer an und überlegten angestrengt: Sah so Ralf Neubohn aus, wenn seine Haare nicht so lang wie sonst waren? Oder ähnelte einfach das Alpaka Ralf Neubohn? Dieses Rätsel konnte nie gelöst werden, weil der Zottel in die Wälder floh. Das Ganze blieb eines der zahlreichen Geheimnisse des Lebens.

Doppelgänger

Jonathan, Ruben und Raphael kehrten vom Faschingsfest heim, als ihnen auf der Straße ein Alpaka begegnete. Oder war es doch schon wieder Ralf Neubohn?

Ratlos flüsterten sie untereinander, wer es wohl sei? Ralf Neubohn wegen der lahmen Gangart? Ein Alpaka, weil es pausenlos irgendetwas kaute? Wie sollten die drei ihren Gegenüber ansprechen? Wie sich verhalten? Das Alpaka dachte tief beleidigt: „Mich mit diesem Ralf Neubohn zu verwechseln! Welch eine Beleidigung! So alt, gebrechlich und zahnlos bin ich doch nicht! Ich sollte die drei eigentlich zur Strafe beißen, damit sie sehen, dass ich nicht wie Ralf Neubohn zahnlos bin!"

Das Alpaka stolzierte an den drei Ratlosen zutiefst beleidigt vorbei. Diese merkten nun, dass es nicht Ralf Neubohn sein konnte, weil dieser ständig undeutlich vor sich hin murmelte. Ein gutes Erkennungsmerkmal, das sie sich merken sollten.

Die furchtbare Wahrheit über Halloween

Zu Beginn der Französischen Revolution wurde die Erde in vielen Ländern von Blut getränkt. Dieser kraftvolle Dünger lief tief herab in die Erde, in welcher die Gebeine von schlechten Autoren, vergessenen Humoristen und Pseudo-Künstlern ohnehin unruhig ruhten. Der belebende rote Saft brachte wieder Farbe in die fahlen Wangen, und sie stiegen aus den Gräbern und versuchten ein zweites Mal Karriere zu machen.

Die großen, echten Künstler ruhten weiter, denn sie hatten ihre kulturelle Pflicht schon getan. Nur die gescheiterten lauerten nun an Halloween einsamen Wanderern auf, um diesen ihre wertlose Gedichte vorzulesen oder besonders witzlose Witze zu erzählen.

Diese unbeschreiblichen kulturellen Schrecken lösten in der Bevölkerung eine große Hysterie aus. Beim Beschreiben des unsäglichen Grauens versagte die Sprachkraft der Opfer. Sie konnten einfach die faden Witze und Gedichte der Toten nicht beschreiben, sondern sprachen nur von den Toten die Umgehen, von Teufeln und Hexen. Denn nur so vermochten ihre Gesprächspartner ihnen geistig zu folgen. Hätten die Opfer von verteufelt schlechten Witzen gesprochen, den verhexten Hexametern oder von gespenstisch fahlen Romanen, niemand hätte die entsetzlichen Schrecken nachempfinden können.

Hüten Sie sich also vor Halloween, an dem das kulturelle Grauen umgeht!

Die grausige Halloweenparty

Die Autoren Terry, Ludwig, und Berta lasen Ralf Neubohns: „Auf der Suche nach dem verlorenen Osterei", während der Party.

Berta fragte verärgert: „Woher kennt er bloß unsere ganz besonders geheimen Erlebnisse? Es ist einfach unfassbar!"

Ludwig maulte: „Das auch! Aber wie kommt Neubohn dazu zu schreiben, dass harmlose Bürger mit einer Halloweenmaske mit meinem Gesicht geschockt werden? Masken erschrecken sowieso niemanden mehr. Die Leute sind so abgehärtet, dass sie nicht mehr erschreckt werden können."

Plötzlich flohen an ihm vorbei Terry und Berta kreischend aus dem Zimmer. Erstaunt drehte er sich um und sah … einen Lektor und einen Kritiker nahen. Welch unfassbarer Schock! Panisch schreiend floh auch Ludwig von der Party.

Ralf und Carmen Neubohn nahmen die Masken zufrieden lächelnd ab und begaben sich froh ans Halloweenbüffet, welches sie nun nicht mehr mit den anderen teilen mussten.

Na, dann frohes Halloween!

Spuk

Eine sehr alte Hexe hielt einmal ein kleines Schläfchen von ein paar Jahrzehnten. Als sie danach mit neuen Kräften erwachte, beschloss sie auf ihrem Besen einen kleinen Rundflug zu machen. Vielleicht ergab sich ja eine Möglichkeit, die Menschen in Angst und Schrecken zu versetzen. Dieser Gedanke besserte Ihre Laune gleich merklich!

Doch es kam anders als gedacht. Überall auf den Straßen waren Hexen, Geister und böse Zauberer unterwegs! Hatte die Hölle ihre Pforten geöffnet? Wie dem auch sei, bei so viel Konkurrenz an Bösem, das durch die Straßen schlich, brauchte sie nicht auch noch unterwegs sein. Zufrieden flog die Hexe an diesem 31. Oktober nach Hause und machte ein kleines Schläfchen zur Kräftigung.

Der magische Ritt

Ralf Neubohn liebte es, gemütlich von einem Ort zum anderen zu kommen. Deshalb kaufte er sich ein Alpaka und ritt damit zu seinen Lesungen. Das hätte auch problemlos klappen können. Doch leider zeigte sein mobiles Navigationsgerät meist Autobahnen oder Bundesstraßen als Routen an.

Da Neubohn bekanntlich sehr alt aussah, einen langen Bart hatte, stets Bademantel und Schlafmütze trug, kam es zu den wildesten Missverständnissen.

So kamen im Radion Warnmeldungen, dass eine Art Cowboy Desperado auf den Landstraßen ritt oder ein Zauberer wurde auf einem Einhorn gesichtet, was auf diversen Autobahnen wegen begeisterten Gaffern zu Chaos führte.

Als er ahnungslos während des Faschings und Halloweens durch die Gegend ritt, bekam Neubohn Siegespreise fürs beste Zauberkostüm.

Eines Tages raste an ihm der Osterhase auf einem Alpaka mit einem lauten „Yippi!" vorbei. „Aha", dachte Neubohn. „So schafft er es also am Ostermorgen so viele Eier unters Volk zu bringen. Wie ein Cowboy dahinrasend und dabei die Eier vom Alpaka aus in die Gebüsche werfend. Raffiniert!"

Die Verkleidung

An Halloween klingelte Petrulia Pampemüslein als Vampir verkleidet bei den Menschen ihrer Stadt und piepste atemlos: „Zahlen oder Qualen."

Doch die Leute lachten nur und schmissen ihr vor der Nase die Tür zu. Offensichtlich fürchtete sich niemand vor ihr. Vor Ärger begann ihr Pampelmusengesicht unter der Maske Zitronengelb zu werden. Was sollte sie bloß tun? Sogar die anderen Kinder auf der Straße lachten sie aus! So ging es nicht weiter! Da kam ihr die rettende Idee! Ihre Tante Berta hatte mal zu Ostern eine total grausige Maske geschenkt bekommen, die jedem blankes Entsetzen einflößte. Schnell lief Petrulia zu ihr und lieh sich die fürchterliche Maske. Schon als sie bei ihrem ersten neuen Opfer klingelte und sprach: „Zahlen oder Gedichte vorlesen!", wurde sie förmlich mit Naschereien überschüttet. Kein Wunder, die Maske von Ludwig P. Lesi-Les erschreckte selbst Hartgesottene. Und dazu noch die furchtbare Drohung, Texte von ihm vorgelesen zu bekommen! Da kaufte sich jeder lieber von dem harten Schicksal frei.

Marketingtricks

Marketing ist für alle Berufe wichtig, auch für Autoren. Viele Autoren überlegten sich, wie es wohl zu schaffen sei, noch mehr als Ralf Neubohn gelesen zu werden.

Unter normalen Umständen bestand keine Möglichkeit ihn zu überholen. Doch in einer magischen Nacht sollte der Versuch gestartet werden, die Leserkreise der anderen zu erhöhen. An Halloween konnte es vielleicht gelingen.

Terry stieg auf einen hohen Turm seiner Stadt und las von dort aus seinem Buch vor. Anschließend bewarf er das unter dem Wehrturm tobende Volk damit. Es gab anschließend Szenen, die an eine mittelalterliche Burgerstürmung erinnerten.

Berta Babbelbergle saß in ihrem Stammcafé mit einer magischen Kristallkugel und hypnotisierte damit viele Bürger, ihre Bücher zu kaufen.

Ludwig P. Lesi-Les flog auf seinem magischen Buch als Zauberer verkleidet über der Stadt und ließ seine Bücher auf die Menschen herabprasseln.

Alle drei waren sich durch ihre Werbung an Halloween sicher, Neubohn überholt zu haben. Doch Ende des Jahres führte Neubohn noch immer deutlich. Kein Wunder! An Fasching mietete er sich einen Faschingsumzugswagen, mit dem er alle Faschingshochburgen bereiste. Bei den Faschingsumzügen warf er dann statt Süßigkeiten seine Bücher „Neubohns Krimihäppchen", „Auf der Suche nach dem verlorenen Osterei" und andere unter das begeisterte Volk. So blieb er der König der Autoren und Faschingsprinz noch nebenbei.

Das Spiegelbild

Ralf Neubohn lief während Halloween durch die Straßen. Panisch flohen alle Kinder schreiend: „Ein Skelett! Ein schrecklicher Geist!"

Neubohn ärgerte sich sehr. So fahl, kahl und hager wie ein Skelett war er nicht! Doch je mehr Kinder vor ihm flohen, desto stärker wurden die Selbstzweifel. Da lag vor ihm ein See im Mondlicht, die Chance sich darin zu spiegeln. Neugierig schaute er ins Wasser. Vor Schreck floh nun auch Neubohn kreischend! Er sah ja noch schlimmer aus, als die Kinder behaupteten! Ganz kahl und hager! Schnell Naschen bei Leuten erbeuten, um wieder zu Kräften zu kommen!

Im Wasser ruhte sich währenddessen das geschorene Alpaka weiter aus, bevor Berta weiter auf ihm ritt.

Adventskuchen

Berta Babbelbergle eilte im Kerzenschein in ihrer Küche hin und her. Trotz Stromausfalls bereitete sie einen Kuchen für ihre Besucher zum Nikolaus vor.

Im flackernden Kerzenlicht schritt der Kuchen gut voran. Ein nettes Autorenkaffeekränzen lag morgen vor ihr, auf welches sie sich sehr freute.

Nach einer Weile ging der Strom auch wieder und sie konnte den Kuchen in den Ofen schieben.

Am nächsten Tag erschienen ihre Autorenkollegen zur Kaffeezeit und langten kräftig zu. Ungefähr gleichzeitig blickten alle drei auf ihre Kuchenteller. Der Kuchen schmeckte so merkwürdig! Berta stocherte mit der Gabel darin rum und entdeckte dort eine merkwürdige Masse. Komisch, sie hatte doch keine Füllung in den Kuchen getan? Was konnte das bloß sein? Es schmeckte irgendwie so nach Wachs.

Plötzlich ging ihr ein Kerzenlicht auf: Vermutlich geriet beim Kuchenbacken eine Kerze mit rein. Oh, weh!

Die Stiefel des Grauens

Zuversichtlich stellte Ludwig seine Stiefel vor die Tür. Was der Nikolaus ihm wohl reintun würde? Welche Leckereien erwarteten ihn morgen früh?

Nachts standen der Nikolaus und Knecht Ruprecht Nase rümpfend vor den Stiefeln.

Der Nikolaus meinte: „Was für ein schrecklicher Gestank! Ob da wohl eine tote Ratte drin liegt?"

Knecht Ruprecht schlug vorsichtshalber mit seiner Rute auf die Stiefel. Nichts passierte. Außer einer noch größeren Geruchswelle.

„Einfach widerlich!", schimpfte Knecht Ruprecht.

„Gehört bestimmt einem dieser langhaarigen Autoren, die ich gleich mit der Rute verprügeln sollte!"

Stunden später roch eine Maus die Naschereien und krabbelte zu diesen in die Stiefel. Vor Gestank wurde die arme Maus ohnmächtig und blieb im Stiefel liegen. Während all dieser Ereignisse schlief Ludwig den Schlaf der Ungerechten, träumte von den leckeren Naschereien des Nikolauses.

Morgens schlüpfte er mit seinen käsigen Schweißfüßen in seine Pantoffeln und holte seine müffligen Stiefel rein.

„Seltsam", dachte er. „Die riechen heute noch mehr als sonst. Hatte der Nikolaus vielleicht Knoblauchkekse im Stiefel versteckt?"

Nein, stattdessen fand er die ohnmächtige Maus. „Aha!", rief Ludwig empört. „Die ist also am Gestank schuld!"

Und warf die arme Maus angeekelt vor die Tür.

Merke: Schuld sind an allem immer nur die anderen!

Berta, Ludwig & Co

Für Leser die wissen wollen, was Berta und Ludwig sonst so alles erlebt und erlitten haben, sei auf „Weihnachten mit dem literarischen Kleeblatt", „Auf der Suche nach dem verlorenen Osterei", „Weihnachten und Silvester mit Flammenfeder", „Keine faschingsfreie Zone" und „Gartenschau Magie" hingewiesen.

Ihr 1. Abenteuer erschien in: „Die Gartenschau im Rampenlicht." Es war sehr aufregend!

Ralf Neubohns Abenteuer als Autor sind u.a. in: „Im Tal der Autoren", „Alle Autoren an Bord", „Die zauberhaften Altbohns", „Erinnerungen eines vergesslichen Analphabeten" usw.

Da viele Leser immer wieder nach einer Übersicht meiner lieferbaren Werke fragen, hier nun ein Teil der über den Buchhandel erhältlichen Titel. Alle kann ich hier nicht auflisten, weil es einfach zu viel ist, was es an Büchern von mir als Autor und Herausgeber gibt.

Gedichte

„Hier und Jetzt"

„Lyrik – muß das sein?"

„Frisch gewagt"

Gedichte und Kurzgeschichten

„Die zauberhaften Altbohns"

Bücher mit schwarzen Humor Gedichten

„Abra Makabra Schlimmsalabim"

„Die Gartenschau-Morde"

„Tod auf dem Kaktus"

„Neues vom 1. April"

Kurzkrimis

„Abschied ist nicht nur ein bisschen wie Sterben"

„Mörderisch gut"

„Kriminelle Energie"

„Neubohns Krimihäppchen"

Gartenschau Trilogie

„Flammenfeder live von der Gartenschau"

„Gartenschau Phantasie"

„Herzlich willkommen Gartenschau"

„Galaabend für die Gartenschau"

„Abschiedsvorstellung für die Gartenschau"

„Die Gartenschau-Morde"

„Tod auf dem Kaktus"

„Neues vom 1. April"

„Gartenschau Magie"

„Die Gartenschau im Rampenlicht"

Heiteres aus dem Autorenleben

„Im Tal der Autoren"

„Alle Autoren an Bord"

„Terry ein Schotte in Schwaben"

„Erinnerungen eines vergesslichen"

„Die zauberhaften Altbohns"

Sciende Fiction/ Fantasy

„Sam Space"

Jahresfeste

„Weihnachten mit dem literarischen Kleeblatt"

„Auf der Suche nach dem verlorenen Osterei"

„Weihnachten und Silvester mit Flammenfeder"

„Keine faschingsfreie Zone"

Weitere Bücher von mir liste ich in einem der nächsten Bücher von mir auf, sonst wird es heute ein bisschen zu viel.

Ich möchte noch darauf hinweisen, dass Bücher bei einigen Verlagen nicht unbegrenzte Zeit lieferbar sind. Wenn Bücher bereits lange auf dem Markt sind bzw. wenn es von diesen schon mehrere Auflagen gab, werden dann oft keine Auflagen davon mehr gedruckt.

Diese Bücher sind dann also irgendwann nicht mehr lieferbar. Daher kann ich nur dringend empfehlen, Bücher die Sie interessieren, rechtzeitig über Ihre Buchhandlung zu bestellen.

Bereits schon jetzt gibt es sehr viele Bücher von mir nicht mehr, die ich deshalb hier erst gar nicht aufgelistet habe.

Auch viele Bücher in denen wunderbare Texte von Carmen Neubohn sind, gibt es nicht mehr. Derzeit noch lieferbar:

„Die zauberhaften Altbohns"

„Frisch gewagt"

„Gartenschau Magie".

„Weihnachten mit dem literarischen Kleeblatt"

„Herzlich willkommen Gartenschau"

„Weihnachten und Silvester mit Flammenfeder"

Nachwort

Liebe Leser,

Sie sind nun an das Ende meines kleinen Büchleins gekommen. Ich hoffe, Sie gut und abwechslungsreich unterhalten zu haben.

Falls Sie beim Lesen auf den Geschmack gekommen sind, so gibt es von mir viele weitere schöne Bücher zum selber Genießen oder als originelles Geschenk für andere. Etwa zu Ostern, Weihnachten und Geburtstagen.

Mit freundlichen Grüßen und hoffentlich bis bald!

Ihr Ralf Neubohn

Lesetipp:

**Ralf Neubohn, Carmen Neubohn und Michael Kerawalla:
„Weihnachten mit dem literarischen Kleeblatt"**

Die folgenden Textproben sind von Ralf Neubohn:

Besinnlichkeit

Besinnlich saß Hubert am Kaminfeuer, las Ralf Neubohns witzige Gartenschaubücher und ließ sich den warmen Tee gefallen. Vor dem Kamin räkelten sich ein paar Hunde und aus dem Radio erklang schöne Weihnachtsmusik. So harmonisch, so friedlich musste Weihnachten sein, um fürs nächste Jahr Kraft zu tanken! Ein langer, gemütlicher Abend lag vor ihm. Als seine Frau ins Esszimmer kam, fragte er: „Ob mir der Weihnachtsmann wohl etwas bringt?" Sie schaute ihn erstaunt an und meinte zweifelnd: „Hast Du es vergessen? Du bist der Weihnachtsmann und solltest Dich langsam auf den Weg machen!"

„Ups!", rutschte es dem Weihnachtsmann raus, bevor er zur Arbeit ging.

Weihnachtsüberraschung

Am Heiligen Abend saß der bekannte Autor Ludwig P. Lesi-Les mit seinen Teddys im Wohnzimmer, um mit ihnen zusammen Weihnachten zu feiern. Da Bären Honig mögen, gab es Honigkekse zum Kakao. Sie hörten gemeinsam schöne Weihnachts-CDs von Dean Martin, Frank Sinatra und Johnny Cash. Als Ludwig auf vielfachen Wunsch der Teddys die Udo Jürgens Weihnachtslieder laufen lassen wollte, klingelte es plötzlich an der Tür. Wer konnte das bloß sein? Hatten sie die Musik zu laut angehabt? Vor der Tür stand der Weihnachtsmann. Oder war es Ralf Neubohn? Der sah genauso alt aus und lief immer in seinem roten Bademantel rum, weil er stets vergaß sich umzuziehen. Nun, die Frage klärte sich schnell, als hinter dem Weihnachtsmann Rudolf das Rentier reinschaute. „Was willst denn Du?", fragte Ludwig. „Bringst Du mir meine Geschenke?"

Darauf kicherte der Weihnachtsmann: „Dafür bist Du viel zu alt. Ich bin hier um ein paar Deiner doofen Bücher zu holen, welche sich Kinder seltsamerweise zu Weihnachten wünschen. Darf ich daher ein paar aus Deinem Büro mitnehmen?"

Verärgert erwiderte der Autor: „Ja, nimm halt eine Handvoll mit. Aber dass Du hier Geschenke abholst, anstatt welche zu bringen, ist schon ein starkes Stück."

Der Weihnachtsmann lief mit Rudolf ins Büro und meinte entschuldigend: „Die Zeiten werden schlechter. Alle müssen sparen, auch ich."

Ludwigs Augen wurden immer größer, als der Weihnachtsmann Sack für Sack mit seinen Romanen vollgepackte und gemeinsam mit Rudolf fortbrachte. Gereizt maulte Ludwig die Tür schließend: „So ein alter Gauner! Ein paar Bücher sagt der Kerl und nimmt 5

Säcke Bücher mit! Bei dem muss wohl auch die schwarze Null stehen!" Da fiel ihm etwas ein. Der Weihnachtsmann sagte, er sei zu alt für Geschenke. Sah er wirklich so alt aus? Besorgt eilte Ludwig ins Bad und schaute in den Spiegel und zuckte erschrocken zusammen. „Nun, ja", dachte er. „Ich sehe wirklich nicht mehr wie ein Teeny aus. Aber Autor sein ist halt einfach auch sehr anstrengend. Lesungen, Bücher schreiben, Werbung machen." Da klingelte es schon wieder. „Wenn der Typ noch mehr Bücher von mir holen will, kann er was erleben!", brummelte der Autor vor sich hin. Er riss wütend die Tür auf und schrie: „Was ist jetzt schon wieder?" Im selben Augenblick verschlug es ihm die Sprache. Vor ihm standen der Ministerpräsident und der Bundespräsident. Wollten die etwa auch säckeweise Bücher holen?

„Entschuldigen Sie die Störung Herr Lesi-Les. Wir sind schnellstmöglich zu Ihnen gekommen, um Ihnen im letzten Augenblick das Bundesverdienstkreuz zu überreichen und Ihre Wohnung zu einem Museum zu erklären. Tausende Ihrer Leser werden nach Ihrem Tod hierher pilgern."

Ludwig verschlug es die Sprache. „Was soll das heißen? Eine Wohnung wird stets erst nach dem Tod des Autors zum Museum erklärt!"

Daraufhin meinte der Ministerpräsident verlegen nuschelnd: „Na ja, da Sie viel älter aussehen, als der Urgroßvater des Weihnachtsmannes, wollten wir schnell die Sache mit dem Museum und dem Bundesverdienstkreuz erledigen. Wissen Sie, das später posthum mit den Erben zu klären ist schwierig."

Wütend giftete der Autor: „So alt bin ich nicht und sehe auch nicht so aus. Ich bin erst 22 Jahre! Alt bin ich erst, wenn ich beginne zu verkalken, oder wenn die Zeitung an meinem Nachruf arbeitet!"

Damit schmiss er die Tür den beiden vor der Nase zu und eilte zum Telefon, welches schon lange klingelte. „Was ist?", fauchte er ins arme Telefon.

„Hier ist Berta Babbelbergle. Ich schreibe gerade für meine Zeitung den Nachruf auf Sie und wollte fragen, ob Sie vorher noch was dazu zu sagen haben?"

„Wieso Nachruf? Ich bin körperlich und geistig noch voll da!"

Berta erwiderte ungerührt: „Heute sollten Sie mit Herrn Neubohn die große Weihnachtslesung im Theater machen. Haben Sie das vergessen? Weil Sie nicht kamen, vermuteten alle, dass Sie im Sterben liegen."

Belehrend rief Ludwig: „Alt und Tod ist man erst, wenn die Wohnung zum Museum wird." Nachdem ihm dies rausgerutscht war, schwieg er nachdenklich und betreten...

Lesetipp:

**Ralf Neubohn und Carmen Neubohn:
„Weihnachten und Silvester mit Flammenfeder"**

Die folgenden Textproben sind von Ralf Neubohn:

Neujahresvorsätze

Angeblich wohnte die Autorin Berta Babbelbergle in einer Wohnung. Angeblich…

Niemand hatte diese Wohnung je gesehen. Denn Berta saß von morgens 8.00 Uhr bis Abends 20.00 Uhr in ihrem Stammcafé und aß mit den Leuten die sie dort besuchten Kuchen und süße Stückle. Der Briefträger, ihre Verleger, Freunde, Verwandten, Kollegen tauchten dort bei ihr auf, gaben sich sozusagen die Klinke in die Hand. Falls jemand Berta dringend erreichen musste, stand auf ihrem Stammtisch ausschließlich für sie ein Telefon, welches unter ihrem Namen angemeldet war.

Als sie an Silvester mit Terry, Ludwig P. Lesi-Les dort mit Kuchen und Sekt feierte, bemerkte sie im Gespräch, dass auch dieses Jahr alle mehr Bücher geschrieben hatten, als sie selber. Woran konnte das liegen? Sollte sie vielleicht weniger Essen und weniger mit den Leuten babbeln und dafür mehr schreiben? Sie nahm es sich fürs neue Jahr fest vor.

Am 1. Januar saß sie wieder dort von 8.00 Uhr bis 20.00 Uhr, aß Kuchen und babbelte pausenlos.

Oh, welch energischer Versuch sich zu bessern!

Weihnachtsmelodien

Der Weihnachtsmann flog mit seinem Schlitten flott durch den Himmel. Für die imposante Geschwindigkeit sorgten 12 flinke Rentiere. Mit 12 RS konnten selbst große Strecken rasant zurückgelegt werden.

Fröhlich läuteten die Glöckchen der Rentiere, übertönten sogar das laute „Ho, Ho, Ho!" des Weihnachtsmannes deutlich.

Das Geschenkeverteilen verging wörtlich im Fluge und der Weihnachtsmann kam früh nach Hause. Die Rentiere bekamen ein veganes Büffet, während Herr und Frau Weihnachtsmann Gänsebraten aßen. Da sagte der Weihnachtsmann: „Deine CD mit Weihnachtsmusik ist sehr merkwürdig. Sie besteht nur aus Glockenläuten."

Seine Frau entgegnete: „Dir schallen noch die Glocken der Rentiere nach. Das solltest Du eigentlich noch von den letzten Jahren wissen. Es wird eine Weile dauern, bis Deine Ohren wieder davon frei sind."

„Ach", antwortete er, „das hatte ich völlig vergessen. Aber jetzt weiß ich, warum ich laufend das Gefühl habe, dass jemand an der Tür läutet."

Seine schwerhörige Frau bemerkte davon nichts, während draußen Ludwig P. Lesi-Les halb erfroren Sturm läutete. Der Arme!

Weihnachtsgeschenke

Terry feierte mit den zauberhaften Altbohns Weihnachten. Nach einem gemütlichen Beisammensein kam die Zeit der Bescherung.

Oh, war das eine Bescherung! Terry schrie empört auf: „Igitt! Bücher von Berta Babbelbergle und Ludwig P. Lesi-Les! Was soll ich damit? Die sind doch völlig unnütz!"

Doch die zauberhaften Altbohns meinten: „Das siehst Du falsch. Diese Bücher sind das ideale Geschenk."

„Was? Dieses langweilige Zeug?", fragte Terry erregt und bekam zur Antwort: „Sie sind praktisch! Als Türstopper, zum Fliegenklatschen oder wenn der Tisch mal wackelt. Mit diesen Büchern lässt sich viel Sinnvolles machen."

Zum Glück hörten Berta und Ludwig das nicht. Ich habe das Gefühl, sie wären seltsamerweise etwas enttäuscht gewesen.

Rudolf

Der Weihnachtsmann ging zusammen mit seiner Frau vielen Hobbys nach. Sie züchteten Polarfüchse, Eisbären und Rentiere.

Das bekannteste Rentier aus seiner Zucht hieß Rudolf. Seit der Feier zu seinem 18. Geburtstag, besaß Rudolf eine rote Nase. Er hatte wohl zu sehr über die Stränge geschlagen.

Dieses Rentier half dem Weihnachtsmann und seiner Frau viel bei deren künstlerischen Arbeiten. Der Weihnachtsmann formte sehr gern Eiszapfen und Skulpturen aus Eis.

Die Weihnachtsfrau hingegen malte Eisblumen auf Fensterscheiben.

Inzwischen ist auch ein sehr großes Geheimnis bekannt geworden: Alle drei sind auch literarisch tätig! Zusammen mit Ralf Neubohn haben sie viele Bücher geschrieben. Unter diesen sind „Neubohns Krimihäppchen", „Galaabend für die Gartenschau" und „Auf der Suche nach dem verlorenen Osterei."

In der Freizeit lesen sie gern Fortbildungslektüre. Auch Weihnachtsprofis lernen nie aus. Ihr Lieblingsbuch ist „Weihnachten mit dem literarischen Kleeblatt".

Von Juni bis September halten sie Sommerschlaf. Außer Weihnachten lieben die drei vor allem Silvester. In dieser Nacht fliegen sie mit dem Schlitten durch den Himmel und werfen um Mitternacht glitzernden Sternenstaub in die Luft, welchen die Menschen irrtümlich für Funkenregen von Raketen halten.

Heimgekehrt sagen alle drei: „Silvester ist sehr schön, aber am besten ist doch immer noch Weihnachten."

Als dies zufällig mal der Osterhase hörte, sagte er unparteiisch und völlig neutral: „Pah, Weihnachten! Das schönste Fest ist natürlich Ostern! Was sonst?"

Omen

Berta Babelbergle feierte in Berlin Silvester. Die riesige Party mit guter Stimmung und noch besserer Musik beeindruckte sie sehr. In gehobener Stimmung lief sie in Richtung Hotel. Eindeutig ein guter Start ins neue Jahr.

Berta glaubte fest an Omen. Sicherlich würde auf dem Weg ins Hotel ein weiteres Omen auf sie warten.

Ein Zeichen, womit sie im neuen Jahr zu rechnen hatte. Frohgemut schaute sie sich um und sah…

Ein Beerdigungsinstitut. Oh, weh!